천년의 시 0144

자
고
가

천년의시 0144

자고 가

1판 1쇄 펴낸날 2023년 1월 26일
지은이 이수니
펴낸이 이재무
기획위원 김춘식, 유성호, 이형권, 임지연, 홍용희
책임편집 박예솔
편집디자인 민성돈, 김지웅, 정영아
펴낸곳 (주)천년의시작
등록번호 제301-2012-033호
등록일자 2006년 1월 10일
주소 (03132) 서울시 종로구 삼일대로32길 36 운현신화타워 502호
전화 02-723-8668
팩스 02-723-8630
블로그 blog.naver.com/poemsijak
이메일 poemsijak@hanmail.net

이수니 ⓒ, 2023, printed in Seoul, Korea

ISBN 978-89-6021-694-5
     978-89-6021-105-6 04810(세트)

값 11,000원

자
고
가

이 수 니 시 집

천년의시작

잎사귀 다 떨구고
어쩌자고 진땀까지 흘리며 매달려 있을까.
열매여

당신은 내가 진 빚이다.

나는 없고, 당신만 있다고 고백한 순간
사라져 버린, 당신을
나는 지금도 찾아 헤매고 있다.

2022년 겨울

차 례

시인의 말

제1부

손바닥에 사는 예수

오늘도 밭고랑에 앉은 할머니
칠십 평생
손바닥에 못을 박아 왔다

가슴에 박힌 대못 하나
들키지 않으려
밭고랑에 돌아앉아
굽은 등으로 조금씩 밀어 넣었다

허물어질 때까지
밭고랑 잡초가 다 뽑혀 삭혀질 때까지

잊는다는 것은 한 가지 생각을 하고 또 하는 것

못이 박힌 할머니
손바닥엔
예수가 살고 있다

물고기 비파

지느러미를 펼친 채 나비처럼 수족관 유리 벽에 붙어 있다
면벽의 시간이다
플레코스토무스,
수족관 청소를 위해 내가 고용한 물고기

비파처럼 생겨 비파라 하지요

먹다 남은 먹이를 뒤처리하거나 이끼를 뜯어 먹는 일이 비
파의 일이지요

배가 불러요
더 이상 먹을 수가 없어요

배부름이 가져다준 충만함에 빠진 나
물고기 비파를 바라보고 있다

배고픔과 배부름, 그 간극에 배어 있는 것이 슬픔이다

아파트 청소하는 여자는 멍때릴 시간이 없다
10층에서 1층으로

걸레질을 하며 한 칸씩 내려간다
배고픔을 메우기 위해 차가운 계단과 용맹 정진 중이다
무릎에서 삐거덕 비파 줄 튕기는 소리가 난다

여자는 계단 맨 아래 칸에 닿고서야
걸레를 손에 쥔 채
털썩, 온몸으로 주저앉는다
비파처럼 가만히 멍때리고 있다

구멍 내는 사람

식물 앞에서 미안해질 때가 있다 몸을 찢어
아낌없이 생명을 나누는
몬스테라 아단소니

광합성에 필요한 잎을 스스로 찢어 구멍을 낸다
햇빛을 받지 못하는 아래 것들에게
여리고 약한 것들에게 햇살 통로를 열어 준다

나는 당신을 구멍 난 사람이라 부른다

밤마다 파란 달을 찢으며 발이 푹푹 빠지는 모래언덕을 넘어
새벽이면 잠자는 어린것들 머리에 당신은 손을 얹는다

구멍은 검은 종이처럼 캄캄해서 깊은 우물 속 같다
두레박 넣어 물 퍼 올릴 때까지
하얀 글씨로 긴 이야기 풀어놓을 때까지
드러내지 않는 절벽이다

등이 휘어진 별자리가 되고서야
가슴 안쪽 숨겨진 구멍이 벌렁거리고
틈으로 숭숭, 뚫린 당신이 드러났다

나무가 목줄을 감고

빨간 노끈에 나무가 목을 매고 있다
지주支柱를 세워 꽁꽁 묶어 준 것이 나무 깊숙이 파묻혀 살
을 파먹고 있다
벌레가 꾀고 잎사귀들이 혓바닥 내밀고 축 처져 있다
목줄 죄고 앉은 빨간 나비넥타이처럼
찰싹 붙어 있다

물길을 막고 숨통을 조이는 노끈이
내게도 있어
탱탱 부풀어 오른 상처, 나무 혹처럼 불룩하다

아무리 빼내려 해도
이미 살이 되어 버린 노끈

나무는 빨간 노끈 삼키는 중이다
사원寺院을 집어삼키는 스퐁나무처럼
독이 올라 스스로 해독될 때까지

목줄을 감고 사원으로 들어가는 수도승처럼

파고다 공원

등짝이 갈라져 있다
속이 텅 빈 매미 허물
다리도 상한 데 없고
오물거렸던 입도 튀어나온 눈도 그대로다

벗어 놓은 허물은
과녁 잃은 빈껍데기,

알맹이는 송두리째 화살 되어 날아가 버렸다

애면글면, 아등바등

살이 차오르고 몇 번의 허물을 벗고
등짝을 가르고 나와서는
벗어 놓은 허물 뒤돌아보지 않고
훨훨 날아올라
한여름 숲을 채우는 소리의 폭포가 된다

등짝이 갈라진 노인들
텅 빈 가슴 안고
매미 울음 쏟아지는 공원에 모여든다

피뢰침

찌르고 있다
구름이 몸을 비틀자 하늘로부터 쏟아지는 것들
사방은 어둑해지고
나는 뾰족한 것에 눈이 시리다

탱자꽃이 가시에 찔려 밤새 울던 날
꽃은 꽃으로 울고
가시는 가시로 울었다
당신은 당신의 이름으로 살고, 나는 나의 이름으로 살자
고 했다
눈이 시리도록 슬픈

그대의 몸에 나의 몸에 생채기 내는 가시 어디서 왔을까?
사랑은 슬픔으로 흘러와
서로에게 기대고 싶어 몸부림치는 것이라
당신은 말했지
날카로운 은빛 피뢰침에 쏟아지는
수천수만 볼트의 고통을 견뎌야 하는 슬픈 인생이라고

구름이 인상 쓰는 날, 나도 아프고 당신도 아프다는 것을
구름 찔러 본 피뢰침은 안다

황금 비율

별것 아닌 것이 마법을 부릴 때가 있다

간장에 밥을 비벼 참기름 한 방울 떨어뜨렸을 뿐인데
어린 아들은 이렇게 맛난 것을 여태 엄마만 먹었냐며 감
탄했다

간장:하얀 쌀밥:참기름
비율은 '대충'이다

가루가 물을 만나 탱글탱글
적당한 무정형질로 바뀌는 매직의 비율 1:6

도토리묵을 쑤는 것은 휴일에 찾아오는 손님처럼
버겁다 보글보글 끓어오를 때까지
한눈팔면 안 돼,
냄비 바닥에 눌어붙지 않게 저어
손목이 아파도 계속 저어
채근하는 목소리에 '대충'은 없다

절정으로 끓어 올라

철퍼덕 내려앉는 찰나 붙잡는 마술도 필요하다

계량컵의 비율은
시행착오와 기다림에 저당 잡혀
팔짱 끼고 앉아 까닥까닥 여유 즐길 시간은 없다

투박한 손으로 대충 무쳐 준 엄마의 시금치나물은 내게
달짝지근한 생기를 일으키는 마법이었다

인생에도 황금 비율이 있다면?
기쁨과 슬픔 적당한 비율로 섞어
도토리묵처럼 탱글탱글 그저 명랑하게 살고 싶다

손가락 끝에 참기름 한 방울 찍어 당신
똑, 떨어뜨려 주세요
내 인생도 마법에 걸리게요

흐린 날엔 내 몸에 뿔이 난다

비틀어 짜면 물이 한 바가지는 흘러나올 것 같다
틈만 보이면 비집고 드는 구름 알갱이들
내 몸 안에 물길을 낸다

쿨렁쿨렁 중심을 놓치고 아득하게 떨어지는 날

온몸에 가시가 돋는다
휘젓고 다니며 콕콕 찔러 댄다

내 몸 구석마다 구덩이 파고 엉겅퀴를 심은 적 있었지
햇빛도 없고,
골방 같은 어둠 속에 꾹꾹 눌러놓았던 씨앗들이
아무도 모르게 자라 제 가시들을
내 살갗에 꽂아 댔었지

먹구름 몰려오는 날

눌린 것들이
쏟아야 할 때 쏟아 내지 못한 것들이

가시꽃으로 피어난다

나는 온몸에 엉경퀴꽃을 단 도깨비가 된다

꽃을 말리다

거꾸로 매달린
장미꽃 한 다발

파르르 떠는 꽃잎을 꾹꾹 눌러
그 미세한 홀림마저 흘러내리지 못하게 가두었다

수축의 시간이 제 몸을 풀어 갈 때
붉은 빛깔은 퇴색되고
매달린 채로 바삭바삭 목이 탄다

목마르다
목이 마르다

거꾸로 매달린 사랑이여

생명이 소진될수록 육신은 빳빳해지고
말라 가는 향기는 질겨진다
너는 빨간 향기 붉은 핏방울로 떨어져 내린다

도토리 줍는 여자

상수리나무가
톡, 톡
떨어뜨린 알을 늙은 여자들이 줍고 있다

알을 다 쏟아 알집이 비어 버린
허전한 여자들이
까만 비닐봉지 하나씩 들고

공원 벤치에 앉아 느긋하게 햇살이나 품으면
좋을걸
기어코 빈 봉지를 가득 채울 모양이다

떡갈나무, 갈참나무, 상수리나무가 알들을 쏟아 내는 가
을이 되면
늙은 여자들은
한때나마 행복하다

눈물은 등 뒤에서도 흐른다

공원 정자에
할머니 한 분 정물 되어 앉아 있다

어제도
그제도 나와 앉았던
지독한 외로움의 자리다

꼿꼿한 나무둥치처럼
슬픔도 외로움도 죽음까지도 감히 달려들지 못할
내 할머니의 서슬 퍼런 뒷모습이다

허리 꼿꼿이 펴고 걸어라

등 뒤에 꽂혀 오던 할머니의 말씀이
풍경 속으로 들어와 앉아 있다

'육신의 집이 흙이라 쉬이 무너진다
눈물 삼켜라'

그토록 기를 쓰고 숨겼지만

결국 내 할머니도
눈물에 무너져 흙으로 돌아가신 것을

공원에 오뚝 앉은 할머니는 안다
아무리 숨겨도 등 뒤에서 눈물이 흘러내린다는 것을

시옷과 쌍시옷

무 다듬고 남은 잎사귀를 쓰레기로 버렸다
왜 귀한 것을 버리냐며
푸른 잎사귀 가려내어 먼지 툭툭 털었다

시래기와 쓰레기
시옷과 쌍시옷의 차이,

102동 앞에 있는 대성식당
시래기로 만든 얼큰한 우거지가 인기다
식당 처마 밑에 무청이 줄줄이 매달려 있다

힘 쫙 빼고
그저 바람과 햇살에 온몸 맡기고
대롱대롱
거꾸로 매달려 힘 빼는 중이다

시옷과 쌍시옷은 힘 빼기와 힘주기다

어깨는 긴장 풀고
뻣뻣한 목도 힘 빼야

푹 삶은 시래기처럼 부드러워진다

점심시간, 우거지로 배를 채운
한 무리의 인부들이 한결 말랑말랑해진 모습으로
식당 문을 열고 나온다

박새에게 넥타이를 걸어 준 이유

머릿속을 기웃거리는 박새의
콕콕 쪼아 대는
그 쬐그만 부리 때문에 그가 불쑥 떠올랐다

숨겨 둔 비밀 하나쯤은 있다지만

암막 사이로 얼굴 빼꼼 내밀고 사라진 사람
스무 살 어디쯤
꾹꾹 눌러놓았던 그가 내 생각 속으로 들어왔다

생각은 꼬리가 길어
온 바닥을 쓸고 다니는 치맛단처럼 이리저리 끌고 다녔다
각 잡힌 하얀 제복에 마음을 빼앗겼던
서투른 스무 살
마음은 제복에 갇혀 밖으로 나오지 못하고
늘 웅성거리기만 했다

보푸라기처럼 성가신 기억이다

박새가 이 난해한 소문을 들었을까

깊이 묻어 둔 술독처럼

보글보글 끓어올라 숙성된 이 알싸한 향기를 맡았을까

제복 입은 신사의 목에 걸린 까만 넥타이를

풀어

콕콕 쪼아 대는

박새 목에 걸어 주었다

다섯 손가락이 간지럼을 탈 때

미국 맨해튼 월가에 황소 동상이 있다 거시기를 만지면 황
금이 쌓인다는 소문 때문에 그 거시기는 황금 알마냥 반질
반질하다
황소는 태연한 척 뒷다리에 힘주고 당당하게 서 있다

나도 한번 만져 보러 줄 서고 눈치껏 사진도 찍었다

머쓱한 표정이다
손가락 사이로 빠져나간 내 간절함이 스스로에게 들키고
말았다

한껏 부풀어 오른 마음이 황금알처럼 수없이 헤매다 머
문 곳

눈을 희번덕거리다
가슴 한구석에 숨겨 놓은 욕심이 다섯 손가락이랑 은밀하
게 속삭이다, 널브러진 조각처럼 당신의 구멍 난 가슴에 덧
댄 천 같은 것 되기도 하네

쓰다듬는다는 것은 당신에게 기대고 싶어 손가락이 깜박

깜박 눈짓하는 것

손끝마다 달린 눈이 애틋하게 바라볼 때
못 본 척하지 마세요
잰걸음으로 달아나는 당신 마음 두 손으로 꼭 쥐고
한없이 그윽해지고 싶소

숨는다고 모를까

사방에 눈이 박혀 있다

몰래 지켜보는 눈 가슴 밑바닥에 숨어 있는 눈
아예 눈알 부라리며 노려보는 눈
등 뒤에 꽂히는 눈
무수히 많은 눈들이 늘 감시하고 있다

거미줄에 걸린 곤충처럼 그물망에 갇혀 있다

족적 하나 허투루 보지 않고
몸짓 하나 세세히 읽힌다는 것을 알고서

내 것 아닌 것을 욕심내다 들키면 어쩌나
쏟아지는 햇살도
어둠 속에 흘러내리는 달빛도 떨고 있다

너도 숨고 나도 숨고
네가 밟은 그림자까지 숨겨도
한 치도 어김없이 걸려들어 허우적거리는 세상에
잊고 있는 눈이 또 하나 있다

\>

꼭꼭 숨어도 '너는 내 것이다'라며

콕 집어내는 눈

제2부

기일

둥근 보름달에 숟가락 하나씩 찔러 놓고
빙 둘러앉아
추억을 먹고 싶은 날

하얀 쌀밥 고봉으로 올려놓고 딸들이 어머니를 소환했다

원망하면 뭐 하노, 내가 다 안고 갈란다
미련 없이 돌돌 말아 저 먼 나라로 가신 어머니

그 짐이 무거워 오시는 길이 험하지 않을까
딸들의 저녁 식사는 하얀 그리움에 끝이 없다

평생 한량閑良으로 사신 아버지
얼큰한 술안주 되어 질겅질겅 씹히는 밤
입 안에 단물이 고인다

단물 흘리며 웃고 있는 저녁
반짝,
별 하나 도착했다

뜨개질하는 여자

실타래에 묶여 사는 여자

죽은 아들 잊기 위해
뜨개질을 한다는
여자에게 위로는 공허한 울림이다

별이 된 아들, 별처럼 빛나
별처럼 슬퍼
실타래에 감겼다 풀어졌다
감았다
풀었다

밤새워 뜨개질하는 여자

아들 조끼 뜨고
자동차 커버도 아들 차에 씌워 주었다

잊으려 애쓸수록 가슴 파고드는
아린 꽃

>

밤새워 짠

하얀 레이스 커튼 아들 빈방에 걸렸다

소리에 길들다

이웃집 리모델링 공사가 한창이다

내 머리를 망치로 두드리고 어떤 때는 내 귀에 드릴을 꽂는다
운 좋게 튕겨 나간 소리는
다시 데구르르 굴러
FM 한낮의 음악 배경음으로 숨어 있다가
곡이 끝나면 튀어나와
온 집 안을 드르르 드르르 작은 파동으로 흔들어 준다

쿵쿵 못질하는 망치 소리
드릴로 구멍 뚫는 소리
자동차 바퀴가 길바닥을 갈고 가는 소리
한바탕 비명을 지르고 빠져나간 소리까지
한 덩어리로 얽혀 들이밀고 있다

드르르, 쿵쿵
박자를 맞추며 내 정수리에 못을 박고 드릴로 구멍을 뚫다
어느새 주리 틀리고
망치질로 단련되어 소리들이 물컹물컹하다

>

리모델링이 끝나 갈 무렵

나도 박자를 맞추며

덩어리로 뭉쳐 있는 소리들 중에서 쓸 만한 소리들만 뽑
고 있다

달콤한 변주곡을 만드는 나는 소리를 길들이는 마법사다

가롯 유다를 위한 변명

박태기나무는 억울했다
은 서른 냥에 예수를 팔아넘긴 가롯 유다, 그가
이 나무에 목을 매었다 하여 유다나무란 별칭을 얻었다

어릴 때, 엄마 주머니에서 몰래 꺼낸 동전 하나
나를 팔아 막대사탕 하나 산 날
내 속으로 들어온 유다랑 놀았다
아찔한 외줄타기도
절벽으로 떨어지는 악몽도
달콤했다

불룩한 주머니 움켜쥐고 돌아설 때마다 하늘은 노랗게 질
려 버렸다

인간이란 그래
나는 너의 이름 팔아먹고, 너는 또 다른 사람을 배신하고
돌고 돌아
나에게로 되돌아올 때
그렇게 끝 간 데까지 가서야 고개를 숙이지

>

그 대가는 너무 아파

땅이 피밭이란 이름을 얻고, 가시울타리에 둘러싸인 섬
이 되어도

옆구리에 찬 주머니는 탱고 리듬에 따라 스텝을 밟는다

팔월의 태양도 춤추는 알함브라 궁전

그 입구에 선 유다나무,

씨앗 품은 꼬투리를 주렁주렁 매달고 있다 유다 새끼들은
여전히 자라고 있다

스타티스

꽃병에 꽂힌 지 한 달이 넘었다
물 없어도
시들어 고개 숙인 적 없다

말라 가면서도 살아 있는 척
살아온 기억들,

태생지가 험한 해안가 절벽이라
마음 독하게 먹지 않으면 살아 내기 힘들었을까

가늘고 긴 잎, 다가서는 손길 막고 있다

영원한 사랑의 징표 되고파 말라 가면서도 버티고 있다

꽃에도 소리가 있다면
바스락,
심장 무너지는 소리겠다

꽃의 심장 무너지면
그때야 쉬이 내딛지 못한 숨죽인 발자국

뚜벅뚜벅 오시려나

그립다는 말 참고 말라 가는
스타티스꽃
절화되어 꽂혀 있다

말라도 마르지 않는 오만으로

창밖의 맨발

비둘기 붉은 발이
시린 난간을 거머쥐고 있다

가녀린 발가락, 쫓겨난 맨발이다
새끼들 다 털리고 쫓겨난
핏발 서린 발이다

정신 줄 놓아 버린 연개댁이
온 동네 쏘다닐 때

대문 뒤에 숨어서 봤다 얼어 버린 맨발, 부르튼 발등

얼마나 걸어 왔을까
힘겹게 거머쥔 발에 핏줄이 서 있었다

베란다 창문을
콕콕 쪼다
혀를 깨물어 버린 아침

얼마나 살아야 웃음을 알까?

폐업

간판은 내려졌다

맥 놓고 퍼질러 앉은 주인

누가 버리고 갔나

십자가 달린 묵주 하나 그 곁에 널브러져 있다

풍년식당도 풍년이 들지 못했다

하느님도 죽 쑨 얼굴로 숨죽이고 있을 것만 같다

분갈이

뽑히지 않으려고 뻗대는 힘에 놀랐다
눈길 한번 제대로 준 적 없는데
나무가 자라
화분이 부풀어 있다

다리 한번 뻗어 보겠다고 안간힘이다
돼지 오줌통 같이 부푼 화분을 엎었다

뿌리는 뿌리를 의지하고
의좋은 형제처럼
한 덩어리로 똘똘 뭉쳐 있다

스크럼scrum을 짜고 시위하는 데모대다
숨 쉴 수 있는 공간을 달라
다리 뻗고 편히 쉴 수 있는 집을 달라
뒹굴뒹굴 구르며 어깃장 놓고 있는 저들의 구호

냅다 걷어찼다
꿈쩍도 않는 뿌리의 결속력
어떻게 박살 낼지 쪼그리고 앉아 들여다보다가

\>

산다는 건 엉켜 한 덩이로 살아가는 것
유년 시절
좁은 토담집 꽉 채운 가난이 키운 포만에
울컥

구경꾼은 아무도 없다

비 오는 날은 게을러지고 싶다

빗소리를 본다
우산에 매달려 건들건들 창밖을 지나가는 그를 보고, 키
큰 향나무 세 그루
키득거리며 속닥인다

그들이 무슨 말을 하는지 도무지 알 수 없다 다만, 빗방울
이 똑, 똑 떨어지는 것
그 소리를 보고
그 소리 뒤에 숨어 있는 한가閑暇를 본다

잠시 뒤, 우산 쓰고 지나갔던 사람이 되돌아온다 조랑조
랑 빗방울 매달고
왜 되돌아가는지 알 수 없고
다만, 똑, 똑 하강하는 꽃망울만 보인다

빗소리에 향나무 향이 은은하게 묻어온다
코를 벌름거리면 맡을 수 없는 향기, 다만 조용히 눈 감고
게을러지면 온몸으로
스며드는 향기

>

비 오는 날

무심하듯 내리는 비가 향나무 향기를 촉촉이 내 앞에 데려다 놓고

나의 문장에는 게으름이 가득하다

양파를 까다

울고 싶을 땐 양파를 깐다
어머니도 그랬다

헛간 한구석에 매달린 양파들이
눈가에 맺힌 눈물방울인 것을
뒤돌아 앉은 부엌 한 귀퉁이 당신의 눈물 다듬던 곳임을
젊은 나는 몰랐다

말라비틀어진 껍질을
손톱이 누렇게 물들 때까지 벗겨 내도
눈물은 마르지 않았다
그을음 눌러앉은 인생만
치마폭 한가득 다듬어 내셨다

어느새 예순 넘은 나
어머니가 생각날 때마다 양파를 깐다

눈물을 흘린다

자벌레

세상을 오므렸다 폈다

가느다란 가지 끝에서
외로운 줄타기로 허기진 삶을 건너고 있다

온몸으로 밀어 올리는
꿈

바람도 어쩌지 못하는
꿈꾸는 나방이 되기 위한 몸짓

수많은 발이 오고 가는 거리에서

땡볕에 그을린 그는
느릿한 가락을 끌고 다닌다

꿈틀,

사력을 다해 세상을 끌 때
바닥에는
지워지지 않는 문장紋章만이 남는다

맨발 산책

내 몸에서도 흙 부스러기가 떨어진다
무릎에서 비거덕 한 줌
어깨에서 한 덩이가 또
툭,
헐어진 몸이 숲길을 맨발로 걷는다

인간은 흙으로 만들어졌다는데
인간이 살아온 길이나 풀숲이 길이 되는 과정은 고단하다
숨이 멎고, 풀이 죽어
흙이 되고 길이 된다

부드러운 흙 속으로 발가락을 꼼지락거려 본다
움직인다는 것은 살아 있다는 것
발바닥에 불이 나듯 살아 낸다는 것이다
물집이 생기고 상처가 나고
때론 불꽃도 튀었다

지나온 길 되돌아보니, 군데군데 불에 덴 자국도 보인다

벤치에 앉아 발을 주무르고 있을 때

노을 진 서쪽 하늘로 새 떼들이 날아간다
산책 가듯
흙으로 되돌아간 사람들이 그리운 날이다

꽃눈이 틀 때

물앵두나무에 물이 올랐다

발그레 꽃물이 번져
마당 한가득 일렁일 때

깡마르고 휑한 어머니
마루 끝에 앉아
꽃눈 바라보며 환한 미소로 눈 맞춘다

어머니의 겨울은 길었다
노르웨이 숲속 같은
눅눅하고 어둑한 숲을 홀로 걸어 나오셨다

온 땅이 푸른 경련으로 깨어날 때
겹겹이 주름진 입가에 머물던 미소
당신에게 가는 길

숨길 수 없나 보다
어머니의 볼에도 미소꽃이 맺혔다

착각

그가 보낸 미소가
내 빈 가슴에 걸린 환한 등불인 줄 알았다

압사된 향기가 되살아 날벌레들이 날아들 줄 알았다
까무룩 잠든 몸을 깨워 줄 줄 알았다

사건의 두께가 선명해질수록
내 착각은 둥근 보름달처럼 부풀어
서늘한 공기조차 뜨거운 운율로 바꿔 버렸다

보름에서 그믐까지
한껏 부풀었다 사그라졌다

버려진 것들이 더 이상 켕기지 않을 때쯤
달의 궤적 따라
노란 나비 떼가 날아오르는 것을 보았다

달이 지나는 길목마다
걸어 놓은 등불이 도리어 향기를 뿌렸던가
서늘한 공기 살짝 제치고
얼굴 내민 개나리꽃, 노란 등불 켜고 있다

배달된 안부

퀵서비스로 배달된 안부
베로니카 화분

덜컹,
과속방지턱도 무시하고
달려
새파랗게 질린 얼굴로 왔다

행복하세요. 라는 팻말이 꽂혀 있다
바싹 마른 입술을 깨물며
그래, 행복해야지
화분에 핀 청자색 꽃을 보며 마음 깊이 다졌다

향기가 훔친 마음의 발등을 밟고 지날 때
당신의 문장은 별이 된다

꽃의 시간이 제 할 일 다 한 듯 홀가분하게 떠나고
행복하세요
까만 글자만 또렷이 남았다

>
나는 빈 화분 버리지 못하고
배달된 달달한 안부를 키우고 있다

당신, 지금도 행복하세요?
오늘도 안부를 전하는 문장 하나

산을 끌고 가는 여자

넘을 수 없는 벽 앞에서
사는 게 허리 굽히는 것이라 되뇌다가
산을 끌고 가는 사람을 보았다

버려진 것들을 모아 산을 쌓은 그녀
산을 옮긴다
콩벌레처럼 몸을 말아 끌고 간다

산은 덜컹거리며 끌려간다
속을 비운 종이 상자는 납작 엎드린 채로
버려진 책 속 활자들은 들썩거리고
녹슨 고철은 넓적한 엉덩이로 지그시 누르고
쓸모없어 버려진 밥솥도 파묻혀 실려 간다

고물상 마당에 이 산 저 산이 왔다
민망한 얼굴로 쭈뼛쭈뼛 왔다

끝나지 않는 굴레로
칠십 평생 아직도 산을 옮기고 있다
바짝 마른 눈물이 아려 올 때
사랑할수록 주저앉는 그녀의 몸도 둥글게 말린다

제3부

트롯

바깥은 위험하다

사방이 벽

늙은 여자는 밀어낼 힘이 없다

곰팡이 숨어 있는 벽을 짚고 아픈 다리 끌고 일어선 오후

겨우 1인분의 햇살

한 줌의 약 붙잡고

입을 열지 않으면 생각도 나오지 않아

흥얼거리는 마음의 소리들, 리듬 타는 주문呪文이 된다

자고 가

가슴에 박힌 말이다
―자고 가

돌덩이 하나 달고 떨어져도
닿을 수 없는 곳
그 깊은 곳에 웅크리고 있는 말

―자고 가

엄마가 붙잡던 밤
마지막 밤이 될 줄 몰랐다

배웅하는 사람 하나 없는
무서운 밤

푸른 멍으로 범벅이 될 때까지
쥐어박혀도
나를 용서할 수 없는 말

―자고 가

이젠 붙드는 사람이 없다

무화과나무에 젖병을 달고파

그도 어미였을까
밤마다 고양이 한 마리
무화과나무 아래 울음을 묻어 놓고 간다
그 울음에
어미의 마음이 흘렀는지 가지마다 열매가 맺혔다
젖꼭지같이 생겼다
봉긋하다

젖꼭지란 별칭으로 통하는 무화과 열매
젖꼭지라 부를 때마다
온몸이 간지러워 뽀얀 젖이 흐를 것만 같다

나도 젖을 물린 적이 있었지
덜 익은 과일같이
젖몸살 앓은 고통으로

담장 너머 목을 빼고
아무도 몰래 젖 물리고 있는 무화과나무

얼마나 많은 우윳빛 액체가 흘러내리는지

달빛은 그저 웃고만 있다

임대, 나를 빌려 가세요

동지를 향해 가는 길처럼
어둡고 쓸쓸한 몰골

벌써 몇 달째 한쪽 귀퉁이 말린 '임대'가 붙어 있다

가로수는 맨몸으로 당당하게 서 있는데
아무렇게 구겨 넣은 지폐처럼
속살 들킨 듯
자꾸만 움츠러든다

외면당해 기죽은 건물 모퉁이로
깨진 유리창이
쓰레기도 담배꽁초도 자꾸만 쌓여 간다

안간힘으로 버티다 너덜너덜
'임대'
라고 쓴 종이는 빛이 바래고 있다

차라리 꽹과리나 쳐야겠다
얼어붙은 '임대' 경기驚氣라도 일으키게

가출한 개

꾀죄죄한 몰골의 개 한 마리가 비에 홀딱 젖은 채로 공원
을 헤매고 있다
나는 길들고 싶지 않아요
딱 그런 표정이다

사람들이 개 눈치를 본다 슬금슬금 피해 준다

연락처가 적힌 목걸이를 하고 있다

내 어릴 때 엄마한테 야단맞고 '골탕 한번 먹어 봐라'며 볏
단 속에 숨어 있다
가출한 줄도 모르는 식구들을 원망하며 스스로 귀가한 적
이 있다
(이 용감한 개의 일탈은 누구를 골탕 먹이는 걸까?)

꾀죄죄한 몰골의 개 오늘은 보이지 않는다
스스로 귀가했는지 주인에게 붙들려 갔는지
공원이 심심하다

꽃들의 발목

해바라기가 내 앞에 드러누워 있다

발목이 잘린
그도 부활을 꿈꿀까

가수면에 빠진
꽃들을
오아시스에 푹 꽂는다

잘린 발목으로 물길을 끌어당겨 물을 마신다
발목이
갈증이 나 꾸역꾸역 들이켠다

삶이 죽음으로 익어 갈수록
나는 불량한 신이 된다
죽음 속에 들어앉은 생명, 다시 살려 보리라
꿈꾸는 신이 된다

익숙해지지 않는 꽃들의 잘린 발목을
생각할 때마다

절뚝

저얼뚝

십자가에서 절뚝이며 내려오는 한 사나이를 본다

12월

할머니가 돌아가셨다
십이월이었다

밤새 하얀 눈이 내려
소복 입은 날
아버지도 떠나셨다
십이월이었다

담벼락에 기대어
해바라기하기 좋은 날 어머니도 가셨다
십이월이었다

힘 풀린 다리 주저앉히고
웃고 있는 영정 곁에서
울음 대신
돼지국밥만 꾸역꾸역 밀어 넣었다

나뭇가지 끝
제 몸 가릴 잎사귀 하나 없다

\>

눈이 내린다

하얀 소복 입고 무덤으로 가는 달, 십이월이다

향기는 상처를 남기고

예초기로 풀을 베고 있다
잡초라 불리는 것들이 가차 없이 쓰러진다
몸통이 잘리고 뼈마디까지 잘게 부서진다

사력을 다한 작별 인사처럼

바람에 흔들리고, 빗방울 튕길 때는 몰랐다
풀들의 상처가 향기란 걸
꺾으면 손끝에 묻어난 향기도
상처의 흔적인 걸

예초기 짊어진 남자, 긴 숨으로 향기 들이켠다
한때 확성기 메고
머리에 꽃 같은 붉은 띠 두른
상처 많은 그는
상처는 상처끼리 아픔 쓰다듬고 있다는 걸 안다

마음에 살이 베여 남은 흔적처럼
풀의 상처가 향기로 남는 것

>

잡초 같은 그가 잡초라 불리는 것들을 베고 있다

덥수룩한 공원이 시원하게 이발한 날
풀을 베다 향기도 베었다

후회

단풍나무가
정수리부터 피를 흘리며 웃고 있다
옴팡지게 얻어맞고
환한 미소로

손가락 쫙 벌린 붉은 인장으로 그의 흔적을
꾹꾹 눌러 찍으며 계절을 끌고 있다

찬바람에
스치기만 해도 멍드는 내 팔뚝은
사시사철 물든 단풍나무다

버리고 싶어도 버릴 수 없는 단풍잎들
훈장마냥 달고 산다

그제야 내 눈에 들어왔다
내 팔이 너무 짧아
파내지 못한 뿌리 깊은 상처들

어머니 가슴팍

그 봉긋한 동산에 무성하게 자란 단풍나무
붉은 핏물을 쏟고 있다

업혀 간 강아지

얼마 전 함께 키우던 강아지가 죽었다
한 마리만 남았다
눈물이 그렁그렁 차 있는 슬픈 눈
여자는 말없이
등을 내밀어 강아지를 업어 주었다

그런 슬픈 눈을 오래전에도 보았다
여름 방학식 날, 교실 문 앞에서 한참을 쳐다보던
쓸쓸하고 허전한 늦가을 같은 눈빛
물놀이하다 떠난 제자

하늘이 그 슬픈 눈 하나
업고 가서
어두운 밤하늘에 예쁘게 심어 놓았다

슬픔은 혼자 견디기 힘든 것
혼자 둘 수 없어 등을 내밀고
서로를 업어 주는 것

여자는 별 하나 업고 자장가를 부른다

커피숍, 3시 15분

천천히 내장을 꺼내 말린다

얼었던 몸이 노곤하게 녹아내리고
혼곤한 잠이 쏟아지는
햇살이 충만한 오후
팽만하여 게으른 햇살 내면 깊숙이 스며든다

우울한 내장
푸드덕거리며 깨어나
날갯죽지 아래 소용돌이치는 향기로
고들고들 말라 간다

3시 15분은
묵상하는 수도사처럼 고요히 잠겨 있다

양수 일렁이는 아늑함
왜 이리 졸음은 쏟아지는 걸까
바싹 마른 겨울 숲처럼
나는 덕장에서 말라 가는 한 마리 황태가 된다

황토 참숯굴

겨울을 굽는다

날름거리는 불꽃
혀끝에 모아
아픈 구석 많은 육신을 핥고 있다

지리산 골바람이 키질하여 살린 불꽃 속
둥글게 살아온 세월
아낌없이
소신공양하는 참나무의 수행을 본다

토굴 속에 칩거한 참나무
온몸 관통하는 불꽃 안고 합장한 채
숯으로 남는다 할지라도
사랑이면 그뿐
상처 난 육신
아프게 쏟아 놓는 울음 멎게 하는
따뜻한 손길이면 그뿐

내 몸 구석구석

얼음처럼 박혀 있던 눈물들이

봇물처럼 녹아내린 날

상처 난 파편들

황량한 바람에 실려

몸의 동굴 빠져나가는 것을 본다

어쩌나

독 품은 저 어린것들
얼마나 서러웠으면 냉장고에서 싹틔웠을까

감자는 스스로 어둠 뚫고 나와
내 무심한 맘 한 뼘이나 뚫었다

잊혀진다는 것은
투명 망토에 갇혀 서서히 사라지는 것

냉장고 밑바닥에 깔렸던 감자가 싹틔운 것도
무심한 맘 향한 시위이거나
끝까지 해 보자라는 옹골찬 오기겠지

꺾인 곳에서도 꽃 피우고
서럽고 아파도
살아 보려 독 품고 사는 사람들
어쩜 내 이웃일지도 몰라

애써 눈 감고 태연한 척해도
내 맘 향해 쏟아지는 원성들

따갑다

그럼에도 핵은 살아 있다

외로움을 견뎌야 할 때

평상에 그녀들이 앉아 있다

참으로 먼 길을 걸어온 피곤한 몸이다
바싹 말라 물기라곤 없는, 바람이 살짝 건들기만 해도
무너져 내릴 것 같은 끝자락이다

버짐이 피고 저승꽃도 피어 있다

며칠 전 그녀 일 번이 훌훌 털고 떠났다 오늘은 그녀 이 번
이 요양원으로 갔다는 소식에 남은 그녀들은 풀이 죽었다 내
일이면 그녀 삼 번이 가고, 그 다음은……

플라타너스, 잎사귀 떨구고 먹먹하게 서 있다

낙엽들이 팔랑 떨어져 평상 위에 내려앉는다
머리 위에도 앉고
발등에도 떨어진다

먼 길 떠나기 전 신발 고쳐 매려나
바람 따라 일렁이는 햇살에 한 가닥 숨 말리며 오글오글

모여 있다

    풍장으로 바스락거리는 작별 인사가 요란하다
    작별하는 것
    사람만 하는 게 아닌 모양이다

    젊은 새댁들이 그 앞을 지나간다
    수다 떨며 유모차에 아이들을 싣고

안경 너머

꽃이 핀다, 내 눈에

무수한 나비 떼가 아른거린다
손을 휘저어 쫓아도 소용없다

무채색의 꽃밭에 앉아
고즈넉한 시간에 한 줄기 실을
뽑아 내는 늙은 거미가 된다

허공에 그은 금 한 줄에 달빛을 속인 꿈 걸어 두고

하염없이 기다리는 목숨
바람에 일렁일 때 순진한 나비 사뿐히 내려앉겠지

나비의 울음 거미줄에 걸려 파닥일 때

내 눈에 핀 꽃잎은 떨어지고

푸른 사금파리 같은 달빛의 낯을 볼 수 있겠지

제4부

소나기

날아가는 새가
달리는 자동차 앞 유리창에
퍽,
한 무더기 퍼질렀다

새도 가벼워지기 위해 버려야 할 것 지체 없이 쏟아 내는데
인간 밑바닥에
자라는 욕망의 찌꺼기들은
어쩌면 좋을까

하느님도 막막해
새똥 같은 눈물을 흘리시나 한 줄금 소나기 쏟아진다

강, 물구나무서다

강둑을 물고 물구나무선
앞산을
툭, 건드려 본다

와르르 무너져 내린다
강물 속으로 빠져든 하늘을
산꼭대기 정자가
끌어 올린다

불경 읊던 암자 엉겁결에 따라 들어갔나
목탁 소리
빙글빙글
둥근 파문 일으킨다

순간이다
무너지는 것은

내 가슴에 들어와 앉은

앞산 같은 당신

아침 산책길에

누가 강물을 다 쏟아 버렸나

밤새 울음 울던 강물 밑바닥 드러냈다

마른 강바닥에 물고기 한 마리
작은 웅덩이에 갇혀 있다

걸어 나갈 수도 없는
요양원에 남겨진 늙은 아버지마냥

은빛 비늘이
온몸에 가시로 돋아나는 아침

아무도 눈치채지 못한 그 밤
홀로 남겨 두고 떠나는 이들의 속마음은
어떨까?

어지러운 생각에
나는 자꾸만 발걸음이 꼬인다

공중 정원 만들다 잠깐 하늘 보다

공중 부양 시킨 땅이 있다
별별 것이 자라는 땅은
추첨제도 아니고 선착순도 아닌 내 마음대로 만든
누구도 시비 걸지 못하는 9층 내 아파트 정원이 되었다

소매 걷고 뚝딱
한 뼘씩 땅이 생겨나니 보기에 좋았다

역세권도 필요 없고 학세권도 필요 없다
햇살 머물다 가고
바람이
한 바퀴 마실 다녀갈 수 있으면 좋겠다

발 딛고 선 땅에
말뚝 박아 네 땅 내 땅 갈라
꿈틀거리는 대지의 심장 누가 건드렸나

선점하는 자가 획득하고, 침노하는 자가 빼앗는 땅

어차피 싸워야 한다면

믿음 있는 자가 얻겠고, 없는 자는 있는 것마저 빼앗기는
하늘의 땅에
내 깃발을 꽂겠다

봄맞이 어지럼증

너럭바위에 앉아 햇살을 쬔다

제비꽃이
뭉텅뭉텅 보랏빛 그늘로 앉아 있다

바람이 불자
파르르 몸을 턴다
햇살 속을 떠도는 바람이
무슨 말을 전해 주고 갔는지
어깨를 들썩이고 있다

저나 나나
누군가를 기다린다는 것이
이토록 아프고 하염없는 것임을 몰랐다

대책 없는 이 그리움은
사월만 되면 은빛 햇살에 실려 온다

푸른 하늘이
제비꽃과 뒤엉켜 운다

>
나도
풀꽃도
상처 위에 앉은 딱지 털어 내는 봄맞이
어지럼증을 앓고 있다

내가 뱉은 씨앗

내 게으름이 무심코 뱉은 씨앗

이름조차 가물가물한데
흙을 비집고 올라와 기억을 조르고 있다

나를 모르시나요?
빤히 쳐다보는 낯선 얼굴
세상에
서로가 무안하다

나도 누군가의 기억에서
잊힌 이름일 수도
누군가는 내가 뱉은 씨앗처럼
어딘가에 팽개쳐진
미안한 이름인지도 모른다

나를 모르시나요

내가 무심코 뱉은 잊힌
이름 하나가

뿌리 내릴 한 치의 여유도 없는

베란다 화분에서

자꾸만 까무러치면서도

꾸역꾸역 자라고 있다

그녀는 식물이 되기로 했다

식물이 되기로 결심한 날부터
시름시름 말라
담벼락에 붙은 담쟁이처럼
침대에 납작하게 붙어 있다

아무리 불러도 모른 척 외면하는 하느님
온종일 천장만 바라보고 눈만
끔벅끔벅

가끔 웅얼거리는 것은
하늘에 보내는 모스부호
하느님도 해독하지 못해 들어주지 못하는 기도
하늘 언저리 맴돌고 있다

하늘이 가까워질수록 가벼워지는 육신
먹는 것도 거부하며
하늘에 애절하게 눈 맞추고 있다

시간도 때로는 무덤이어서
사람이 들앉아 지그시 눌러야 미라가 되나

요양병원 319호는
바싹 마른 식물원이 된 지 오래다

손등을 읽다

깨알 같은 글씨, 사용 설명서 읽으려고
둥근 돋보기 이리저리 굴려 보다
초점 빗나가
내 손등을 읽었다

느닷없이 들이닥친 것,
그토록 많은 주름이 숨어 있을 줄이야

보아도 보이지 않던 것들
시야가 너무 짧아 닿지 못했던 거리
길과 길이 얽혀 만든 흔적에
지문 인식기 앞에 선 닳아 버린 손끝 지문처럼 당황했다

내 것을 내 것이 아니라며 떼쓰듯 밀쳐놓고는 한참을 서
성거렸다

길눈이 어두운 나는 헤매는 일이 다반사다
방향감각을 잃어 놓쳐 버린 길 위에서
'아, 그래 여기구나'라고 깨달았을 때의 아찔함을 손등도
감추고 싶을까?

>
고양이 까미가 수없이 핥았던 통통한 손으로
그를 묻고 울먹이며 내려오던 길은
아스라이 멀어지고
자잘한 흔적들만 얽혀 있는 길에서
내 생애 절망 뚫고 올라온 것들만 골라내기로 하네

사용 설명서 읽으려다 낡아 가는 내 몸 사용 설명서를 쓰네

등을 곧추세운 채『우먼센스』한두 권 머리에 얹고 걷는 걸
음과 언덕 내려갈 때 뒤로 뻗대는 힘이 있다 해도,
내 몸은 이미 내 것이 아니라는 슬픈 얘기를

구절초

몸살 앓은 하얀 얼굴이다

남의 손에 넘어간 산자락 붙잡고
미련 버리지 못해
무덤가에 넋 놓고 앉은 어머니 얼굴이다

어린 우린
그 곁에 무더기로 핀 꽃이었다

맑고 투명한 얼굴로
발랄한 웃음으로
아버지 무덤가를 바람개비처럼 돌았다

세월이 흐를수록 뚜렷해지는 건
제 몸에서 뽑아 올린 슬픔이
투명한 햇살로 반짝인다는 것

슬퍼서 더 아름다운 꽃

민달팽이

밤새 어디를 쏘다녔는지 안다

아무것도 걸치지 않은 맨몸

온몸으로 걷는 통증

긴 흔적으로 반질반질하다

그녀의 난소에 머리카락이 자란다

머릿결은 눈부셨다
그가 앉은 자리가 이상하다는 걸 알기 전까지

자리를 바꾸면 이름도 바뀔까?
손가락 끝에 눈을 박아 손이 하는 일마다 보게 하고, 발가락 끝에 귀를 달면 걸을 때마다 땅속의 소리, 벌레 울음소리, 바람이 비켜 가는 소리까지 다 들을 수 있을까 머리에 코를 앉히면 뭐라 이름 붙여야 하나

난소에 자라는 머리카락은 어떤 표정일까 꼿꼿한 자세로 태연한 척할 수 있을까 태어나기 전부터 이미 자리 잡아 터를 다지고 있었다는 것을 몰랐다

머리카락이 머리에만 달려 있어야 하나, 귀가 짝짝이고 코가 비뚤어져도 이름은 제자리에 있다

하느님이 실수한 것이라며 인간이 메스를 든다. 이름은 달라지지 않았다
그가 어디에 있든

다뉴브강 가의 신발들*

몸을 잃은 신발들이
꺼억꺼억 울다가
굳어 버린 채 강가에 놓여 있다

누군가 작은 아이 신발 속에 꽃을 꽂아
'아가야, 우지 마라'
바람에 흔들리는 촛불도
강을 무덤 삼은 신발들을 다독이고 있다

몸 잃은 신발들이 이 지구상에 얼마나 나뒹굴고 있을까
아슬아슬 견디고 있는 몸들은 또 얼마나 될까

철벙, 뛰어든 몸은
시린 이를 떨며 새파랗게 강을 걷고 있다

꽃잎에 가린 슬픔이
맨발로 걷는 강가, 울음은 끝나지 않을 모양이다

* 2차 세계대전 당시 나치가 헝가리 다뉴브강 가에서 유태인들에게 신
   발을 벗게 한 뒤 총살했다. 이들을 추모하기 위해 2005년 60켤레의 신
   발 조형물을 만들었다.

습지원에서

나무가 생각을 하나 보다
물속에 반쯤 몸을 담그고
깊은 사유를 끌어올리고 있다

물살이 정신없이 흔들고
송사리 떼가 옆구리를 간질이고
바람이 귓가에 머물며
속삭일 때도 나무는 견고했다

차가울수록
명징해지는 나무의 사유는 깊다

노란 개통발꽃이 수면 위로
얼굴을 내밀고 있다

동그란 잎사귀 위에 앉은 개구리
출렁
허리 꺾는다

몹쓸,

아득한 정점 위에 내려앉는 작은 파문
나무가 새파랗게 질린다

그 언저리를 서성이던
내 신발 끈이 자꾸만 풀린다

붉은 환상

페인트 한 통 샀다
망설이다 빨간색을 골랐다
누군가 사랑이란 이름으로 남김없이 쏟은 핏방울 같아
그 붉은 기운 들고 공원으로 갔다

동상처럼 앉아 해바라기하는 노인들
피를 다 쏟아 창백한 그들의 하얀 정수리에
한 방울씩 떨어뜨렸다

링거 줄 타고 수혈되는 핏방울
붉은 꽃이 된다

한 장씩 펼쳐지는 꽃잎처럼
방울방울 떨어져
목덜미를 지나 구부정한 등으로 흘러
붉은 꽃송이가 된다

무릎 닳아 주저앉은 삶이 서서히 펴지고
축 쳐진 이름이
종아리 힘줄로 일어설 때

후들거리는 춤은 팬터마임이 된다

팔딱이는 심장
남김없이 쏟아 내는 사랑에
희끗한 내 정수리도 화끈 타오른다

엎드린 사람들

하얗게 매달려 있다 떨어진 꽃잎들이 발아래 엎드려 있다
자기만의 경전을 가진 총총한 꽃잎들, 무릎 꿇고 엎드린 등
에 모스크 둥근 지붕이 얹혀 있다

더듬더듬 고독과 위안을 끊어질 듯 이어 가는 엎드린 사
람들 그들의 무릎은 헐거워진 문짝처럼 비거덕거린다 모서
리 닳아 너덜해진 삶에 궁휼이 있다면 무릎 꿇고 경전 삼켰
다는 증거겠다

하얀 등에 내려앉은 묵언은 찬란하고 간절하다 수없이 찧
은 이마처럼 시커멓게 타들어 가는 속마음, 들키지 말자 들
키지 말자 햇빛이 등을 밟고 지나갈지라도 꽃잎은 그저 한 닢
의 꽃잎이다 눈 감은 채 애써 은밀한 긴장 다독이는 하얀 목
련 떨어진 꽃잎들

목련꽃 그녀가 왔다
―가원에게

달달한 기운을 감지한 날부터
서로를 당기는 힘을 당할 수 없어

하느님의 열쇠 꾸러미에서 KEY 하나가
아무도 모르게 작동했나 보다

'나는 이제 그녀를 위해 살래요'
세상을 향한 고백에 굳게 닫힌 문이 열리고

환한 빛 속을 사뿐히 걸어 나오는 그녀
사방을 달콤하게 바꾸는 사랑스러운 그녀
목련꽃 그녀가 왔다

하느님이 보낸 선물, 축복으로 왔다

가난한 부부가 사는 법

발품을 파는 일은 늘 숨차다

옥탑방을 기웃거리는 비둘기 한 쌍, 콘크리트 바닥을 쪼아 보지만 일상이 허방이다 발가락이 붉게 갈라지는 것도 가난한 흔적일까? 아슬아슬 옥상 난간을 걷는 걸음, 믿고 따르는 배고픈 사랑 앞에 건네줄 선물 하나 없다

입에 나뭇가지 하나 겨우 물고 있다

나뭇잎이 서서히 자랄 때 꺾꽂이한다고 꽂아 놓은 내 화분의 것들이 하나둘씩 사라질 것이다 아마 에어컨 실외기 뒤나 지붕 틈새 어둑한 곳에 보금자리 틀겠지

태연하게 훔쳐 가는 저 맹랑함을 나는 탓할 마음이 없다 아득한 허공에 서 있어 본 자는 안다

빈 곳간을 바라보는 것이 얼마나 숨차고 고달픈지

남의 울타리에 핀 장미꽃을 퇴근길에 한 송이씩 꺾어다 주던 내 가난한 시절을 맞은편 옥탑 비둘기들이 따라 하고 있다

곳간을 명랑하게 채우는 공범의 유쾌한 반란에 환한 하루가 팍팍한 고구마를 먹을 때처럼 목이 메기도 하다

세상의 모든 어머니에게 가는 길

차성환(시인, 한양대 겸임교수)

이수니 시인은 고통스러운 삶의 현실 속에서 자신의 안위에 머무르지 않고 타인을 생각하고 돌보는 마음의 근원에 대해 사유한다. '나'라는 개체의 희생을 감수하더라도 타인과 이웃에 대한 사랑을 포기하지 않는 존재들은 어디에서 비롯되었을까. 시인은 자신에게 최초의 사랑을 가르쳐 준 어머니를 통해 세상의 모든 생명들을 낳고 기르고 돌보는 대자연의 위대한 모성을 깨닫는다. 그는 어머니라는 존재를 통해 한 개인의 아집과 한계를 뛰어넘어 타인과 이웃에 대한 무한한 사랑으로 나아가는 삶의 고귀한 가치를 노래한다.

시집 『자고 가』의 서문에서 "사라져 버린, 당신을/ 나는 지금도 찾아 헤매고 있다"(「시인의 말」)고 밝히고 있듯이 이 시집은 '당신' 곧 어머니를 향한 사랑과 그리움의 기록이다. 죽은 어머니를 향한 너무나 간절하고 애틋한 사모곡思母曲이다. 시인은 돌아가신 어머니가 세상에 남긴 흔적을 찾는 과정을 통해 '당신'이 품고 있는 거대한 사랑의 의미를 새롭게 발견한다. '당신'이란 '나'의 육신의 뿌리인 생물학적 어머니이면서 동시에 세상의 모든 어머니이자 뭇 생명을 낳고 기르고 품어 내는 대자연의 모성이라는 사실을 우리에게 일깨워 주는 것이다. '당신'을 찾아 헤매는 길은 '나'의 비루한 육신의 아집과 고통에서 벗어나 사랑의 의미를 찾아가는 과정이다.

내 몸에서도 흙 부스러기가 떨어진다
무릎에서 비거덕 한 줌
어깨에서 한 덩이가 또
툭,
헐어진 몸이 숲길을 맨발로 걷는다

인간은 흙으로 만들어졌다는데
인간이 살아온 길이나 풀숲이 길이 되는 과정은 고단하다
숨이 멎고, 풀이 죽어
흙이 되고 길이 된다

부드러운 흙 속으로 발가락을 꼼지락거려 본다
움직인다는 것은 살아 있다는 것
발바닥에 불이 나듯 살아 낸다는 것이다
물집이 생기고 상처가 나고

때론 불꽃도 튀었다

지나온 길 되돌아보니, 군데군데 불에 덴 자국도 보인다

벤치에 앉아 발을 주무르고 있을 때
노을 진 서쪽 하늘로 새 떼들이 날아간다
산책 가듯
흙으로 되돌아간 사람들이 그리운 날이다
—「맨발 산책」 전문

시인은 지친 마음과 몸을 달래기 위해 "숲길"로 "맨발 산
책"에 나선 모양이다. '나'의 "헐어진 몸"에서 "흙 부스러기가
떨어"지는 것을 보다가 문득 "인간"이 "흙"으로 만들어졌다는
사실을 떠올린다. "인간"이 "흙"에서 왔으니 "흙"으로 돌아가
는 것은 당연하다. "흙"에서 나온 "인간"이 태어나서 살아가
는 모든 과정은 다시 "흙"이 되어 가는 길인 것이다. "풀숲"
의 생명들도 그 기운이 다하면 "숨이 멎고, 풀이 죽어" "흙"
으로 돌아간다. 그것은 하나의 생명이 태어나고 자라고 스러
지는 일련의 과정이자 "길"이다. 그 "길"은 평탄하고 쉬운 길
이 아니다. 그 "길"은 가만히 있으면 저절로 얻을 수 있는 것
이 아니라 각자 자신의 생존을 위해 최선을 다해 생의 조건
들과 싸워야지만 겨우 얻을 수 있다. 대자연의 품속에서 자
신을 지키고 살아가는 뭇 생명들은 '살아간다'라는 말로는 부
족하다. 그들은 "살아 낸다". 세상의 어려운 환경 속에서 악

착같이 이겨 내고 극복해야지만 겨우 자신의 삶을 건사할 수 있는 것이다. "숲길"을 "맨발"로 걸을 때 "발바닥에 불이" 난 것처럼 고통스럽듯이, 삶이란 고통스럽지만 그 고통이 곧 삶의 감각이기도 한 것이다. 이는 자신의 "지나온 길"이 "물집이 생기고 상처가 나고/ 때론 불꽃도 튀었"던 시간들의 연속이었음을 반추하면서 깨닫게 되는 생의 진실이기도 하다. 고통으로 끝이 없는 고해苦海와 같은 삶을 살아가는 우리들은 모두 다 "흙"으로 돌아간다. 한번 태어난 존재는 죽음으로 소멸할 수밖에 없다는 사실이 인간의 삶에 대해 다시 숙고하게 만든다. 거역할 수 없는 숙명과 같은, 대자연이 만들어 놓은 이 고단한 "길"은 어떻게 걸어가야 할까. 그것이 '나'보다 먼저 앞서 "흙으로 되돌아간 사람들"의 삶을 떠올리고 그리워하는 이유일 것이다.

비틀어 짜면 물이 한 바가지는 흘러나올 것 같다
틈만 보이면 비집고 드는 구름 알갱이들
내 몸 안에 물길을 낸다

쿨렁쿨렁 중심을 놓치고 아득하게 떨어지는 날

온몸에 가시가 돋는다
휘젓고 다니며 콕콕 찔러 댄다

내 몸 구석마다 구덩이 파고 엉겅퀴를 심은 적 있었지

햇빛도 없고,
골방 같은 어둠 속에 꾹꾹 눌러놓았던 씨앗들이
아무도 모르게 자라 제 가시들을
내 살갗에 꽂아 댔었지

먹구름 몰려오는 날

눌린 것들이
쏟아야 할 때 쏟아 내지 못한 것들이
가시꽃으로 피어난다

나는 온몸에 엉겅퀴꽃을 단 도깨비가 된다
　　　　　　　—「흐린 날엔 내 몸에 뿔이 난다」 전문

　이수니의 시에는 흙과 식물의 상상력이 두드러진다. 흙
에서 와서 흙으로 돌아가는 인간이라는 존재의 숙명을 식물
의 이미지를 통해서 드러낸다. 다른 시에서 "구절초"를 두고
"제 몸에서 뽑아 올린 슬픔이/ 투명한 햇살로 반짝인다는
것// 슬퍼서 더 아름다운 꽃"(「구절초」)이라고 읊은 것처럼, 식
물에게서 인간의 근원적인 생의 슬픔을 읽어 내는 것이다. 즉
식물이 흙을 자양분으로 줄기를 뻗어 내어 잎과 꽃을 피우는
과정은 곧 한 인간이 품고 있는 삶의 길에 다름 아니다. 시
「흐린 날엔 내 몸에 뿔이 난다」는 시인이 스스로를 '엉겅퀴꽃'
에 비유하면서 생의 고통과 함께 처절한 자기반성과 성찰을

보여 주고 있다. 삶의 "중심을 놓치고 아득하게 떨어지는 날"에는 '나'의 몸에 "구름 알갱이들"이 "비집고" 들어와 "물길"을 낸다. "먹구름"이 잔뜩 몰려와 비가 금방이라도 쏟아질 것처럼, '나'는 마치 울분에 가득 차 눈물이 "한 바가지는 흘러나올 것" 같은 상태이지만 아무것도 쏟아 내지 못한다. 괴로움에 빠져 속으로 계속 삭히고 삭히는 것이다. 그 마음속에 뭉치고 "눌린 것들"은 결국 해소되지 못하고 "가시꽃"으로 피어난다. "구덩이"를 파고 "햇빛도 없고, / 골방 같은 어둠 속"에 갇힌 채 살아왔던 '나'의 시간들이 "아무도 모르게 자라 제 가시들을 / 내 살갗에 꽂아" 대는 것이다. 자신의 에고에 함몰되어 스스로에게 "가시들"을 들이대는 삶은 고통스러울 수밖에 없다. 타자가 배제되고 세상에 '나' 혼자만이 존재하는 삶을 영위하는 자의 모습은 마치 "온몸에 엉겅퀴꽃을 단 도깨비"와 같지 않을까. 혼자서 고립되어 스스로를 "가시들"로 찌르는 고통스러운 삶에서 벗어나야만 한다.

식물 앞에서 미안해질 때가 있다 몸을 찢어
아낌없이 생명을 나누는
몬스테라 아단소니

광합성에 필요한 잎을 스스로 찢어 구멍을 낸다
햇빛을 받지 못하는 아래 것들에게
여리고 약한 것들에게 햇살 통로를 열어 준다

나는 당신을 구멍 난 사람이라 부른다

밤마다 파란 달을 찢으며 발이 푹푹 빠지는 모래언덕을 넘어
새벽이면 잠자는 어린것들 머리에 당신은 손을 얹는다

구멍은 검은 종이처럼 캄캄해서 깊은 우물 속 같다
두레박 넣어 물 퍼 올릴 때까지
하얀 글씨로 긴 이야기 풀어놓을 때까지
드러내지 않는 절벽이다

등이 휘어진 별자리가 되고서야
가슴 안쪽 숨겨진 구멍이 벌렁거리고
틈으로 숭숭, 뚫린 당신이 드러났다

　　　　　　　　　　　　　　　—「구멍 내는 사람」 전문

　"몬스테라 아단소니"는 아열대성 기후에서 자라는 식물로
잎에 타원형 구멍이 난 채로 자라는 것이 큰 특징이다. 자기
생존을 위해서 "광합성에 필요한 잎"이지만 자신의 존재로 인
해 "햇빛"을 받지 못하는 "아래 것들"을 위해 스스로 "몸"을
찢어 "구멍"을 내는 것이다. 그것은 슬하膝下의 자식들을 돌
보는 어미의 마음이기도 하다. 자신의 "몸을 찢어/ 아낌없이
생명을 나누는" 마음은 그 깊이를 헤아릴 수 없는 "깊은 우물
속"과 같고 쉽사리 그 모습을 "드러내지 않는 절벽"과도 같
다. '나'는 "몬스테라 아단소니"가 자라는 것을 보면서 타자

를 위해 자신의 몸을 내어 주는 숭고한 사랑과 희생의 의미를 발견한다. "몬스테라 아단소니"의 "잎"에 난 "구멍"을 통해, "당신"이란 존재가 남몰래 "가슴 안쪽 숨겨진 구멍"을 품고 있었음을 뒤늦게 깨닫게 되는 것이다. "새벽이면 잠자는 어린것들 머리에" "손을 얹는" "당신"은 "구멍 난 사람"이다. 생전에 "당신"은 "여리고 약한 것들"을 위해 자신을 희생하더라도 기쁘게 그 삶을 받아들이는 사람이었다. 그리고 지금은 캄캄한 우주의 밤하늘에 "등이 휘어진 별자리"가 되어 그 "가슴 안쪽 숨겨진 구멍"의 "틈으로" 별빛을 보내 준다. "당신"은 죽은 이후에도 지상의 다른 이들을 위해 자신의 몸에 "구멍 내는 사람"인 것이다. 자신의 모든 것을 아낌없이 주는 사람, 당신, 그 이름은 어머니이다.

물앵두나무에 물이 올랐다

발그레 꽃물이 번져
마당 한가득 일렁일 때

깡마르고 휑한 어머니
마루 끝에 앉아
꽃눈 바라보며 환한 미소로 눈 맞춘다

어머니의 겨울은 길었다
노르웨이 숲속 같은

눅눅하고 어둑한 숲을 홀로 걸어 나오셨다

온 땅이 푸른 경련으로 깨어날 때
겹겹이 주름진 입가에 머물던 미소
당신에게 가는 길

숨길 수 없나 보다
어머니의 볼에도 미소꽃이 맺혔다

　　　　　　　　　—「꽃눈이 틀 때」 전문

　아마도 "어머니"가 돌아가시기 전의 생전 모습을 그린 작품으로 보인다. 길고 긴 "겨울"을 지내고 이제 "마당"에 있는 "물앵두나무"는 꽃잎을 낼 채비를 마친다. "발그레 꽃물이 번져/ 마당 한가득 일렁"이고 그것을 바라보는 "깡마르고 휑한 어머니"의 얼굴에도 "환한 미소"가 번진다. 긴 "겨울"을 지내고 맞이하는 봄날의 기운은 무엇보다도 반가울 것이다. 삶이 있으니 죽음이 있고 죽음이 있기 때문에 삶이 있다. "깡마르고 휑"하게 쇠약해가는 "어머니"와 만물이 소생하는 봄을 몰고 오는 "꽃눈"의 만남은 생生과 사死의 강렬한 대비를 보여 준다. "어머니"는 "눅눅하고 어둑한 숲을 홀로 걸어 나오"면서 소멸해 가는 육신의 마지막 준비를 마쳤던 듯하다. 생명이 허물어져 흙이 되고 다른 생명을 키워 낼 수 있는 자양분이 된다. 그렇게 다른 이들이 걸어갈 수 있는 길을 예비하는 것이다. 그렇기 때문에 "어머니"는 죽음 앞에 있지만 새로 태어나는 나뭇가지의 "꽃눈"을 바라보며 "미소꽃"을 지을 수 있는 것이리라. 그리고 '나'는 "꽃눈이 틀 때"마다 "어머니"의 "환한 미소"를 잊을 수가 없으리라. '나'는 지금 그 "볼"에 핀 "미소꽃"를 따라 "당신에게 가는 길"이다. '당신'이 걸어갔던 길을 따라가면서 '당신'이 바라보고 느끼고 생각한 것을 찬찬히 가늠해 보는 것이다.

그도 어미였을까
밤마다 고양이 한 마리
무화과나무 아래 울음을 묻어 놓고 간다
그 울음에
어미의 마음이 흘렀는지 가지마다 열매가 맺혔다
젖꼭지같이 생겼다
봉긋하다

젖꼭지란 별칭으로 통하는 무화과 열매
젖꼭지라 부를 때마다
온몸이 간지러워 뽀얀 젖이 흐를 것만 같다

나도 젖을 물린 적이 있었지
덜 익은 과일같이
젖몸살 앓은 고통으로

담장 너머 목을 빼고

아무도 몰래 젖 물리고 있는 무화과나무

얼마나 많은 우윳빛 액체가 흘러내리는지

달빛은 그저 웃고만 있다
— 「무화과나무에 젖병을 달고파」 전문

"고양이 한 마리"와 "무화과나무" 한 그루가 있는 밤의 고
즈넉한 풍경이다. 그런데 왜 "고양이"는 "밤마다" "무화과나
무" 아래에서 "울음"을 우는 것일까. 아마도 "무화과나무"는
"열매"를 맺지 못하고 오랫동안 그 자리에 있었나 보다. 이
를 알고 "고양이"는 "무화과나무"가 "열매"를 맺을 수 있도록
"밤마다" 그 "나무" 밑에 와서 "어미의 마음"으로 간절히 기도
했던 것이 아닐까. 그리고 그 "고양이"의 간절한 "어미의 마
음"이 전해졌는지 "무화과나무"는 "가지마다 열매"를 맺게 된
다. "젖꼭지" 모양을 한 "열매"는 금방이라도 "뽀얀 젖이 흐
를 것만 같"이 탐스럽다. "무화과나무"가 "열매"를 맺고 키우
는 일은 "어미"가 어린 자식들에게 젖을 물리는 것과 같은 일
이다. 그리고 그것은 아무런 저항 없이 편안하게 이루어지는
것이 아니다. "어미"는 "열매"(아이)를 키우기 위해서 "젖몸살"
을 앓는 "고통"을 온전히 감당해야만 한다. 보이지 않는 순간
에도 "무화과나무"는 자신의 몸에서 "열매"의 속을 채울 양분
을 끌어 올리고 있는 것이다. 자신이 아닌 다른 생명을 위해
젖줄을 이어 주는 헌신적인 행위는 곧 "어미의 마음"에서 비

롯된다. 그것은 대자연이 삼라만상의 뭇 생명들을 돌보는 이치와 같다. 자신의 기운이 쇠해 가더라도 '나'의 뒤에 오는 생명들을 위해 좋은 자리를 내어 주는 대자연이 품은 위대한 모성의 현현이다. '나' 또한 "젖을 물린" 경험이 있기에 "무화과나무"에서 흘러나오는 그 "우윳빛 액체"가 생명을 키우는 사랑의 "젖"이라는 사실을 깨닫는다. 캄캄한 밤하늘의 "달빛"도 이러한 풍경이 흐뭇한지 세상을 환하게 비추면서 "무화과나무"의 사랑에 화답한다. "고양이"의 "울음"에서 시작된 "어미의 마음"은 "무화과나무"를 거쳐 "열매"를 맺게 하고 "달빛"이 감응하게 한다. 시인 또한 "어미의 마음"으로 세상을 바라보고 있는 것이다. 세계의 사물이 서로 분리되어 있지 않고 "어미"의 "젖"을 통해 하나로 이어져 있다는 시인의 상상력은 우리의 마음을 한층 더 따뜻하게 만들어 준다. 한 생명이 태어날 때 그 존재는 세상에 그냥 주어지는 것이 아니라 "어미"의 "울음"과 "젖몸살"과 같은 "고통"을 통해서만이 가능하다는 것을 우리에게 일깨워 준다. 그리고 시인이 깨달은 이 "어미의 마음"은 '나'의 영원한 어머니, '당신'에게서 비롯되었다는 것을 고백한다.

이수니 시인은 이번 시집에서 허물어지는 육체를 부여잡고 살아가는 여자들의 삶에 주목하고 있다. "죽은 아들 잊기 위해/ 뜨개질을 한다는/ 여자"(「뜨개질하는 여자」)가 있고 "겨우 1인분의 햇살"과 "한 줌의 약"에 의지해 살아가는 "늙은 여자"(「트롯」), "알을 다 쏟아 알집이 비어 버린/ 허전한 여

자들(「도토리 줍는 여자」), "종이 상자"와 "녹슨 고철" 등 "버려
진 것들을 모아" "칠십 평생" "콩벌레처럼 몸을 말아 끌고" 가
는 "그녀"(「산을 끌고 가는 여자」)와 같이 "매미"의 "벗어 놓은 허
물"처럼 "과녁 잃은 빈껍데기"(「파고다 공원」)에 지나지 않은 늙
은 여자들에 대한 연민과 서글픔이 있다. '나'에게 "육신의 집
이 흙이라 쉬이 무너진다/ 눈물 삼켜라"라고 말했던 "할머니"
(「눈물은 등 뒤에서도 흐른다」)에 대한 기억도 담겨 있다. 이들은
"끝까지 해 보자라는 옹골찬 오기"와 같은 희망을 가지고 "꺾
인 곳에서도 꽃 피우고/ 서럽고 아파도/ 살아 보려 독 품고
사는 사람들"(「어쩌나」)이다. 아마도 시인은 자식을 위해 삶의
모든 것을 쏟아 내고 돌아가신 '어머니'에 대한 잔상을 이들에
게서 보는 것이리라.

   그는 우리의 삶이 아무리 고통스럽고 힘들더라도 타인을
향해 마음을 연다면 그 사랑의 힘으로 함께 더불어 살아 나갈
수 있다는 믿음을 가지고 있다. 세상의 "슬픔은 혼자 견디기
힘든 것"(「업혀 간 강아지」)이지만 "사랑은 슬픔으로 흘러와/ 서
로에게 기대고 싶어 몸부림치"(「피뢰침」)게 하는 것이다. "혼자
둘 수 없어 등을 내밀고/ 서로를 업어 주는 것"(「업혀 간 강아지」)
이다. 우리는 모두 단독자로서 각자 "가느다란 가지 끝에서/
외로운 줄타기로 허기진 삶을 건너고 있"(「자벌레」)지만 서로를
위해서 손을 건네고 미소를 보낸다면 더불어 사는 세상을 새
롭게 열어 낼 수 있을 것이다. "산다는 건 엉켜 한 덩이로 살
아가는 것"(「분갈이」)이다.

   이수니 시인의 시 쓰기는 '당신' 곧 어머니의 길을 따라가

며 어머니가 남긴 사랑의 흔적을 기록하는 작업이다. 그것은 도처에 살아 숨 쉬는 어머니의 사랑을 발견하고 그 사랑을 사람들과 함께 나누는 일이다. "당신은 내가 진 빚"(「시인의 말」)이기에 '당신'의 사랑을 갚기 위해서는 '당신'에게 받은 사랑을 다른 이들과 나누어야 한다. 시인의 "가슴에 박힌 말"이자 "그 깊은 곳에 웅크리고 있는 말"(「자고 가」)은 "자고 가"이다. 당신이 돌아가시기 전에 '나'에게 건넨 말 한마디. 어머니의 그 마지막 부탁을 들어주지 못했기에 그 말 한마디는 '나'의 남은 생애에 메아리친다. 어머니의 사랑은 "파내지 못한 뿌리 깊은 상처들"(「후회」)을 치유하고 "아프게 쏟아 놓는 울음 멎게 하는/ 따뜻한 손길"(「황토 참숯굴」)이다. "삶이 죽음으로 익어 갈수록"(「꽃들의 발복」) 서로의 상처와 외로움을 보듬어 안고 기댈 수 있는 시간만이 우리의 삶을 의미 있게 만들 수 있다.

'당신'에게로 가는 길은 삶의 희로애락이 출렁거리는 고통과 환희의 길이다. '당신'에게 가는 길은 '당신'이 남겨 준 사랑을 가슴 깊이 간직하고 그 사랑의 힘으로 세상을 따뜻하게 밝혀 가는 길이다. 이수니 시인은 타인을 위해 자신을 희생하는 숭고한 사랑의 의미를 밝히 보여 준다. 시집 『자고 가』를 펼친다면 우리의 삶에 "엄마의 시금치나물"처럼 "달짝지근한 생기를 일으키는 마법"(「황금비율」)을 불러일으킬 것이다. 우리 모두가 어머니의 배에서 나왔고 어머니의 "뽀얀 젖"(「무화과나무에 젖병을 달고파」)을 그리워하며 어머니의 사랑으로 연결되어 있는 존재들이라는 것을 깨닫게 될 것이다. 그리고 '어머니'라는 이름 하나로 우리는 한층 더 아름다워질 수 있으리라.

천년의시인선